달빛 롤러코스터

달빛 아래 숨바꼭질

제 동시가 글자라는 틀에 갇히지 않고,
말 속에 담긴 마음을 들여다볼 수 있으면 좋겠어요.
아이들의 기쁨만 그리기보다는,
상처 위에 돋아나는 새 살처럼 작은 위로가 되기를 바라요.
그렇게 시를 읽는 동안 가끔은 간질간질 웃음이 나고,
마치 누군가 살며시 긁어주는 것처럼 마음이 편해지길 말이에요.

때때로 앞이 막막하게 느껴질 때도 있지만,
그렇다고 두려워만 할 순 없잖아요?
제 시로 이런 불확실한 순간을 마주하는 아이들에게
조금이라도 위로와 용기를 줄 수 있었으면 좋겠어요.
어떤 시간이 와도, 어떤 세상이 닥치더라도,
가벼운 단어들로 묵직한 마음을 어루만질 수 있는
그런 시를 통해 아이들의 세상을 조금 더 따뜻하게 만드는 것,
그게 제가 동시를 쓰는 이유입니다.

자, 이제 기쁠 때, 슬플 때, 그리울 때,

즐거울 때, 우울할 때, 속상할 때마다

우리가 함께할 수 있는 특별한 여행을 떠나볼까요?

하늘 위로 솟아오르는 달빛 롤러코스터를 타고 말이죠!

그 롤러코스터엔 우리 말고 또 누가 타고 있을까요?

혹시 당신이 알고 있는 친구들이 함께 탈 수도 있어요.

그럼 이제 우리 모두 함께,

재밌는 숨바꼭질을 시작해 볼까요?

2024년 가을 신서유

차례

3부 바람과 춤추는 회전목마

4부 별빛 속삭임

특별 부록 – 토리의 일기

1부 궁금증 마법사

쾅!

도장은 거꾸로 새겨야
바로 찍힌대

우린 아직
다 안 새겨졌다고

한시도
가만 안 있는
우리를

거꾸로 새기려면
얼마나 어렵겠니

바로
찍힐

그때까지

우릴

조금
더
기다려 줄 수 있지?

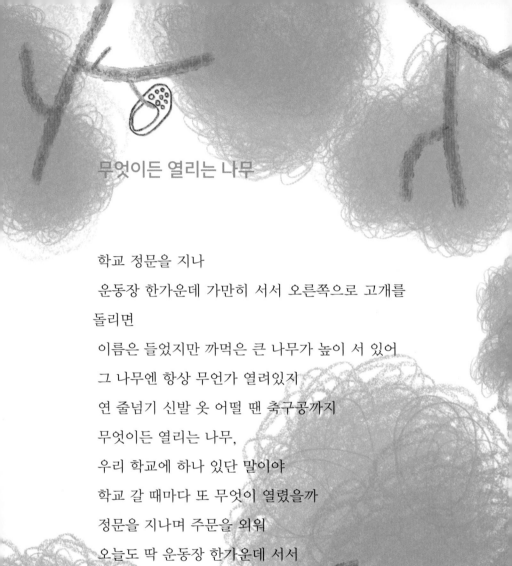

무엇이든 열리는 나무

학교 정문을 지나
운동장 한가운데 가만히 서서 오른쪽으로 고개를
돌리면
이름은 들었지만 까먹은 큰 나무가 높이 서 있어
그 나무엔 항상 무언가 열려있지
연 줄넘기 신발 옷 어떨 땐 축구공까지
무엇이든 열리는 나무,
우리 학교에 하나 있단 말이야
학교 갈 때마다 또 무엇이 열렸을까
정문을 지나며 주문을 외워
오늘도 딱 운동장 한가운데 서서
오른쪽으로 고개를 돌려

이름은 들었지만 까먹은 큰 나무는
어제 내가 걸어놓은 수학 학원 가방을 아직도
달고 있더라

글자의 맛

[쌤통이다]
−고소한 맛

[너랑 안 놀아]
−씁쓸한 맛

[손에 땀을 쥐는]
−짭짤한 맛

[아니야 아무것도]
−싱거운 맛

[오해해서 미안해]
−깔끔한 맛

[우리 같이 하자]

−시원한 맛

[널 좋아해]

−비 오는 날 우산 같은 맛

필통

달그락달그락
움찔움찔
뒤썩뒤썩

네모나고 딱딱한 헌 집에서
몰랑몰랑 부드러운 새 집으로

우리 이사 간대요

방금
집주인이
새 학기 용돈 받았다고

우릴 다 꺼내 놓고
문방구로
뛰어갔거든요

한 상 세계 여행

호주산 소고기국
미국산 땅콩 볶음
노르웨이산 연어 구이
대한민국 대표
우리 왕 할아버지표 쌀

후식은
여름방학
외갓집
다녀온
나몽이네
베트남 커피

궁금해

이건 뭐야?
저건 뭐야?

요건 어떻게 해?
조건 어떻게 해?
이건? 이건? 이건?

-야!
-도대체 넌
-뭐가 그리 궁금한 게 많니?

아니, 그냥
네 목소리
한 번 더
듣고
싶고

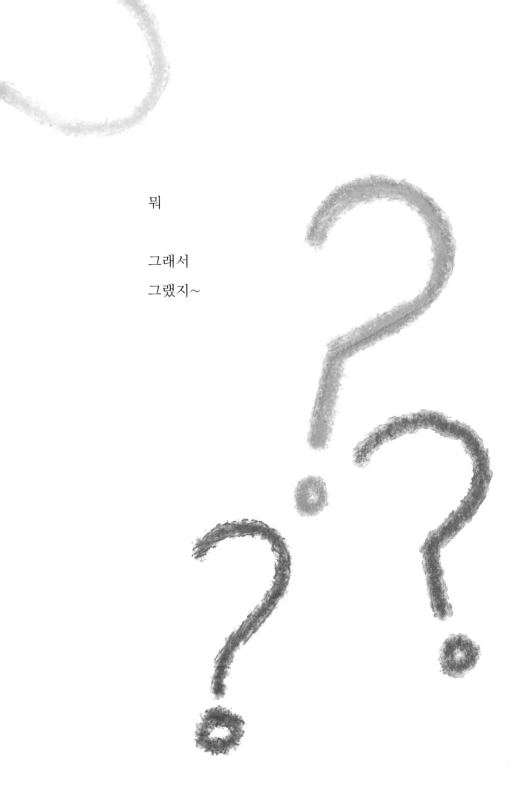

뭐

그래서
그랬지~

또 폰이니?

엄마에게서 출발한 잔소리가 나에게 온다

길아   울   불   해져라
      퉁   퉁

   가위에 싹
      뚝 잘려 버려라

      깊은 함정에   빠져 버려라

            쑥

쌍둥이

2분 놀고
3분 싸우고

5분 놀고
10분 싸우고

우리는 쌍둥이
가족
자매
친구

제일 가는
원수

난시

난 밤에
일부러 안경을 쓰지 않아

엄마가 밤에 운전할 때
뒤에 앉아 차창 밖을 바라보면

가로등
수 십 개가
수 백 개의 별로
변신하거든

난 이렇게
환상적인
세상에서
살고 싶거든

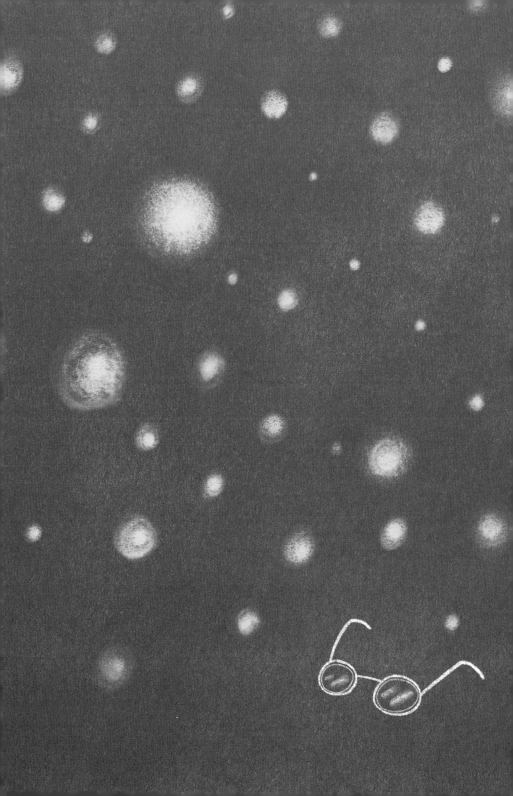

들락날락

 할아버지는 침대 위에 앉아 소리 크게 틀어놓은
TV 보시고 아래쪽에서 봄이가 벽에 등을 기대고
핸드폰을 보고 바로 옆에 붙어 있는 가을이는 게
임을 하고 강아지 토리는 멀리 차 타고 와서 잠
만 자더니

 낯선 할아버지는 무섭고
 할아버지 방 문턱만
 들락날락 들락날락

 문턱 냄새, 의자 냄새, 책상 냄새, 침대 냄새, 발
냄새, 토리에게 내민 할아버지 손 냄새
 쿵쿵쿵쿵쿵쿵쿵쿵쿵쿵쿵쿵쿵쿵쿵쿵쿵쿵쿵쿵쿵쿵
 쿵쿵쿵쿵쿵쿵쿵쿵쿵쿵쿵쿵쿵쿵쿵쿵쿵쿵쿵쿵쿵쿵

결국

할아버지 옆구리에 착!

먼지 파도

 빈 운동장 오른쪽, 위에서 아래로 빨간 줄 그네
두 개, 왼쪽 그네, 파란 반바지, 3학년 2반, 나몽
이가 앉아 있다. 까딱까딱 발가락 끝으로, 그네
를 앞으로 뒤로, 앞으로 뒤로, 땅바닥을 살살 움
직여 본다. 움직이는 그네가 만드는 바람이 나몽
이의 반바지로 들어온다.

5.

4.

3.

2.

1.

뻥!

떼구<u>르르르르르르르르르르르르르르르르르르르르르르르</u>
<u>르르르르르르르르르르르르</u>

마법처럼 굴러온 축구공 하나 흙먼지 물결을 치
며 달려온다

물 위에 떨어진 돌맹이 처
럼 땅 위를 울
렁이
기 시
작 한다

－학원 끝났다~~
－－나몽아~
－－－공 차~~

벨소리의 비밀

내 짝
시우 벨소리는
띠리리 띠리리 띠~ 띠~
"빨리 놀이터로 go go"

학원 선생님
벨소리는
띠! 띠! 띠----! 띠리리!
"숙제 다 했니? 왜 안 오니?"

엄마
벨소리는
띠리리리리리리리리리리리리리리
"좋은 말 할 때 집으로 와라~"

그렇게
나만 아는
비밀 벨소리

할머니의 젓가락

내 숟가락 위에
하나
더

그 위에
또 하나
더

내 숟가락 위로
할머니의 젓가락이
바삐 움직인다

그렇게
입에 다
들어가지도 못하고

우르르 쏟아지는
밥 더미가
언제
그랬냐는 듯

할머니의 젓가락은
번개같이 빠르게
다시
산을 쌓고 있다

밥 한 번
먹을 때마다
내 숟가락 위로

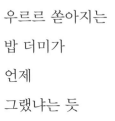

수십 번

수 백 번
바삐 움직이던
사이좋던 두 짝은

이제
임자 잃고 외로이 서로 의지하며
꽂혀 있고

내 숟가락만
할머니의 젓가락을 하염없이
기다린다

일기 생일

'오늘은' 으로 시작하던 3월 3일
1학년 1반 7번 가을이의 일기는
오늘로 딱 3년 된 생일을 맞았다

3년 생일을 맞은 내 일기에
선생님처럼 빨간 글씨를 써넣는다

3년 전 나의 일기야,

생일 축하해

오늘은 널 축하해 줬다고 일기를 써야겠어^^

2부 그늘 속 비밀 정원

편의점

학교 끝나고
혼자
둥둥 떠서

따 마시는
바나나 우유

학원 끝나고
혼자
둥둥 떠서

떠 마시는
어묵 국물

파라솔로

햇빛 피하고

깜깜한 길

무서움 떨치고

낮도 밤도

빛나는

네모난 섬

우리의 섬

고백 레시피

산에 사는 멧돼지가
맛있는 삼겹살 집에
쳐들어왔다는
저녁 뉴스

저 멧돼지는
친구 잡아간
삼겹살 집에
왜 간 걸까?

나는
밥을 먹다
돼지 김치찌개를
쳐다본다

멧돼지야,
우리 집은 안 돼

우리 엄마 밥은
세상에서
제일
맛이 없거든

부부싸움

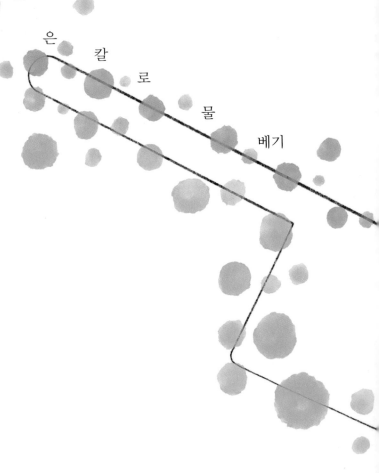

은 칼 로 물 베 기

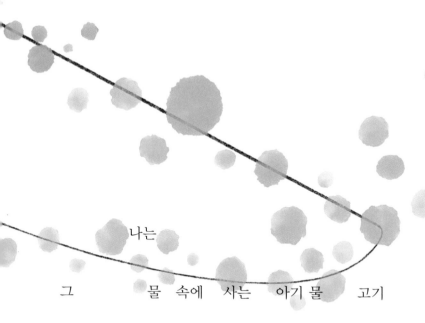

나는

그   물 속에 사는 아기 물 고기

ㅈㅇㄱ

넌 내가 누군지 모를 거야
난 내 이름을 써도 써지지 않거든

너도 그렇지 않니?
네가 누군지 아무리 남기려 해도
아무도 널 알아주지 않잖아

지워지기만 하는 아이
남겨지지 않는 아이
꼭 나 같은 아이

그래도 너무 걱정하진 마
이 세상엔 지워야 할 것들이
너무 많아서

잘못된 것들을
지우고 고칠 수 있는 거,

그건
나 밖에 할 수 없거든

목격자를 찾습니다

무한 복제 유포 가능

계속 가능성 높음

신체적 충격과 같음

간접 도구 사용으로 반성은 매우 약함

피해를 알리기는 더 어려움

목격자 찾기는 훨씬 힘듦

- 공고 : "사이버 폭력 백신" 사이트-

너의 장난스런 손가락이

내 가슴을 가르며 들어온다

잘 봐

마트 안에 울리는
싱싱한 생선이 들어왔다는
안내 방송

도마 위로 올라온
생선 한 마리

"어머! 싱싱한 거 봐, 팔딱팔딱 거려"
난 너무 아프다고

"이거 봐, 뻐끔뻐끔 아직 숨 쉬고 있어"
난 점점 숨이 막혀 오는 걸

너희는 날보며
웃으며 살아있대

물 떠난 물고기로 놓여 있는 나인데

너희는 아직도
내가 싱싱하대

난 이미 끝을 향해 흘러가고 있는데

부르지마

이리 오라고 하지 말고
저리 가라고도 하지 말고

복도도
도서관도
화장실로도 부르지마

같이 노는 척도 하지 말고
놀아주는 척도 하지 말고
차라리 나 혼자 놀 테니

제발
날 부르지마

2+1 총사

사람들은 우리 보고
삼총사라
하지만

내 생각엔
2+1총사

항상 셋이 다니면서
다른 표정
다른 공기

둘이 재밌고
나만 외로운

우리는
2+1총사

온 집 가득, 찬

불 꺼진 차가운 방
무거운 가방은 내려놓고

기억하는 빛을 찾아
벽을 더듬거린다

손 끝에 닿은
마음의 손잡이를 당기면

옷장에서 쏟아지는
엄마 냄새

온 집
가득,
찬
엄마 냄새

비밀

내
이름은 봄
동생은 가을

친구들이
여름이는
어디 갔냐
물어요

볼 때마다
여름이
어디 갔냐
놀려요

여름이 하늘 여행 갔다고
알려주면

친구들이
다시는
여름이
안 찾아 줄까 봐

우린
절대로
알려주지 않아요

탐정 회의

자, 잘 들어 봐

시작 시간 밤 9시 30분부터 지금 밤 11시까지,
5분 간격으로 노래방 마이크로 어떤 아저씨가 쉬
지 않고 노래를 부르고 있어 문을 열고 복도로
나가보니 집 안에서보다 복도에서 노랫소리가 작
아지더라 그건 우리 집이 있는 113동 2호 라인이
란 거지
플레이 리스트는 '성시경, 이지, 바이브, 박효
신, 모세, VOS, 브라운아이즈……'
저 모든 노래를 엄마라는 증인이 다 따라 불러
준 덕분에 엄마 나이대의 아저씨란 걸 알 수 있
었지 우리 집은 2층이야 아랫집은 할아버지랑 할
머니랑 언니들만 살고 있어

–그러면 매일 뛰는 윗집 건이네?

단정할 순 없어 그 위에 윗집일 수도 위에 위에
윗집일 수도 있거든

 -그럼 한 층씩 올라가면서 소리가 제일 큰 집
찾으면 되잖아

 잠깐,
 너, 엄마가 노래 부르는 걸 들어본 지 얼마나 됐
지?
 딱 오늘 하루만 참자
 하지만 내일도 이 시간에 노래방 마이크로 노랠
부른다면

 난 꼭 범인을 잡고 말거야!

그림자 표정 1

영어 학원 끝나고
수학 학원 끝나고

벽을 따라
내 그림자
나란히 걸어간다

나보다 크게 작게
움직이는 그림자
발에 걸고

골목 끝 담벼락
가던 길
멈춰 서서

주머니 속
담아 온
분필 하나 꺼내 들고

벽에 기댄
내 그림자에
웃는 표정 하나
그려준다

연휴

난 또 배가 고플 거예요

급식도
먹을 수 없는
빨간 날이거든요

나 빼고
모두 그날만
기다린대요

또
할아버지와 나
둘만 남겠죠

내 마음도

빨갛게
상처가 생기는

아주
아주
긴긴
빨간 날

시린 여름

늦은 밤 들려오는 작은 흐느낌

열대야에 몸을 뒤척이다

화장실로 향하던 내 작은 발이

미끄러운 얼음판 위에 오르듯 조심스레 되돌아
가는 길

문틈으로 보이는 엄마 얼굴에 그늘이 흐른다

머리부터 발끝까지 지나던 땀도

여름 그늘진 엄마 얼굴이 너무 시리다

3부 바람과 춤추는 회전목마

?!,.

태어나서 처음 보는
물속
¿

아기 물고기는
그 물음표가
궁금해
먹어 보았다

물 위
!
위 아래로 움직이고

어부 아저씨
만난
아기 물고기

더

넓은 바다
헤엄치며
놀다 오라고

,
한번
찍어 주시곤

너른
엄마 품 바다로
놓아주신다.

꿀

아~ 가기 싫다
옷장 열고 방문 열고 거실 지나 신발 신고 대문
열고

엉금엉금 엉큿엉큿
느릿느릿 너슷너슷
엉그정 엉그정
움 지 럭
움
지
럭

슬

금

슬

금

꿀처럼 학교에
그냥
뚝!
하고

떨

어

졌

으

면

잠이 간다

잠이 온다
엉금 엉금 기어온다
살금 살금 걸어온다
훠얼 훠얼 날아온다

잠은 항상 오는데
간 적은 없다

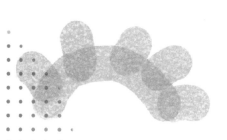

유통기한

미안해
사랑해
고마워
괜찮아
잘했어

그때 그때
하지 못하면

바로
끝나버리는
말의 유통기한

밤 눈

달빛 슬며시 깔아놓은
밤하늘 별들

살랑살랑
하얀 눈이 까만 밤을
달래는 시간

아가는
이불 속으로

소록소록
눈을 내리러 갑니다

친구 모집

모집 조건

1. 하루 종일 두 눈이 빨개지도록 나랑 놀아줘야 함

2. 두 다리가 쭉~ 늘어나도록 펄쩍 뛰는 걸 좋아해야 함

3. 편식 따윈 하지 않고 오물오물 야채도 잘 먹어야 함

4. 내 비밀을 잘 들을 수 있게 귀는 아주 컸으면 좋겠음

※추신: 꽁지 빠지게 도망을 잘 다니면 무조건
합격!

*문의 : 토리네 주말 농장 회색 토끼를 찾아주세요

이어달리기

진달래 한 발짝,
개나리 두 발짝,

이제 막
걸음마 시작한
아기의 발걸음

목련꽃
벚꽃 되어 도착할 때까지

새빨간 얼굴로
철쭉이 뛰쳐나갈 때까지

아기의 걸음마가
봄 속으로
이어집니다

바늘 귀

내가 친구를 울리면
"너, 이노무 자식"하며
엄마에게 귀 잡혀 끌려오는데

바늘 너는
얼마나 친구들을
아프게 찌르고 다녔으면
매번 실에 귀 잡혀 다니는 거니?

따뜻한 그늘

우리 동네 입구
300년쯤 살았다는
커다란 나무 한 그루

마을 사람
모두 다

나무 그늘
아래 앉아

그늘은
하나

사람은
여럿

그렇게

따스하고 시원한

나무 한 그늘

초대장

노란 옷 갈아입고
이사를 가요

언제든 놀러 오세요

새로 생긴
우리 집 주소는

가을이방

첫 번째 책장
위에서 세 번째 칸

권정생 문패 뒤

똑똑똑

「강아지 똥」
26쪽으로 들어오세요

졸졸졸

강물이
아래로
아래로
흘러만 간다

일주일 전

아가 물고기
얼마나 컸나
다시 보고 싶은데

어제 지나간
가재네 돌집
다시 두드리고 싶은데

졸졸졸
강물 소리
날 찾아와
달라고

졸졸졸
친구들을
자꾸
부른다

잡초

주말 농장 잡초 뽑기

내게
주어진 임무

싱싱하고 맛있는
야채 먹으려면

대파인 듯 위장하고
예쁜 척
꽃상추랑 섞여있는

너희들을
내가 없애야 한다

꼭

영화

속

타노스처럼……

치유

상처가 났다
심지어 토막이 난다

상처 나고 토막 난
감자를 까만 재로
소독하고 땅에 묻는다

감자는
땅 속에서
치료를 시작한다

비로 소독하고
흙으로 목 축이고
지렁이로 상처를 감싼다

깊고 어두운
땅속에서

감자는
제 식구를 늘리고 있다

*씨감자 심을 때, 상처를 내거나 잘라서 재로 소독해 땅에 묻는다

4부 별빛 속삭임

냄비받침

김이 모락모락
치즈 떡볶이

부글부글 속이 끓는
마라 라면

들들 끓는 너희를
온몸으로
받아낸 자리

이 세상 모든
뜨거움

다 끌어안아
주겠다
허락하는

작고도 큰
누우런
동그라미

찰칵

얼음 같은 하진이의
오른손만 힐끔힐끔

- '맑은 하늘' 의 '맑' 이라는 글자는 어떻게 쓰는
거야?

대답 대신
종이 위로 날아든
너의 오른손

힘주어 쓰는
글자에 초점을 맞춘다

자기 전
꺼내보는
하루 앨범

쓱쓱
넘기다
딱,

투명하게
반짝이는
너의 오른손

마음 속
엄지와 검지로 주~욱
끝없이
들어가 본다

버그의 꿈
〈NPC(Non Player Character)의 꿈〉

난 자유롭게 움직일 수 없어
항상 누군가의 입력값으로 살아가지

게임 속
울타리 넘어
넓은 들판 보며

같은 말만 하는
프로그램 된 존재

날
불쌍히 여기진 마

내가 없다면 넌 절대
다음 장을 펼칠 수 없으니까

언젠간 나도
스스로의 입력값으로 살아갈
플레이어의 삶을 기다려

그땐
자리만 지키는
NPC가 아닌

같이
문제를 풀어나갈
친구로 만나

그게 바로
내 자유에 대한 꿈
오류라 불리는
버그의 꿈

동갑내기

10년 된 된장
10살 된 나

보글보글
소리를 내며

넌
된장찌개가 된다

내
나이를 먹은 만큼

넌
맛있어졌고

땀을 뻘뻘 흘리며 먹는

난
멋있어졌다

한장 두장 새장

하루 세 장
수학 문제집 풀기

하루 자고 일어나면
세 장
두 밤 자고 일어나도
또 세 장

매일 매일
새로 자라나는
사라지지 않는
새장

여행가는
우리 언니

가방 속에

몰래 넣어 버린
새장

쉿,
너도 마음에 들거야

나만의 자유가 아닌
우리의 자유가 되는

그 이름도 유명한
수학 여행이니까

배웠어

입을
앙다물지 않으면
입에 모래가
들어간다는 걸
신발에게 배웠어

비오는 날
활짝 펴고
해 뜨는 날
바짝 접어도
된다는 걸
우산에게 배웠어

시작은 같아도
항상 똑같지
않다는 걸

색연필에게 배웠어

아무리 작아도
듣는 귀가
있다는 걸
바늘귀에게 배웠어

점묘법

점심 지난
나른한
미술 시간

점묘법으로
내 짝 그리기

꾸벅, 예쁜 · 하나
꾸벅, 착한 · 하나

꾸벅 꾸벅 꾸벅
너의 점들을 콕콕콕 찍어

…… 모여

내 짝

봄이 웃는다

바람을 만드는 아이

바람 하나 없는 뜨거운 오후
학교 끝난 아이들은 학원에 가고
어른들은 아직 집에 돌아오지 않은
주인 잃은 공원 나몽이 혼자
바람개비를 들고 서 있다

탁   탁   탁
탁   탁   탁
빙글 빙글 빙글

탁탁탁탁탁탁탁
빙그르르르르르르르르르

뛰는 걸음 쫓으며
숨어 있던 바람들이 살아나는 소리

빙글 빙글 빙글 빙글
탁   탁   탁

빙그르르르르르르르르르
탁탁탁탁탁탁탁

그렇게
멋지게
바람을 만드는 아이

원고지

빨간 방에 갇힌 글들이

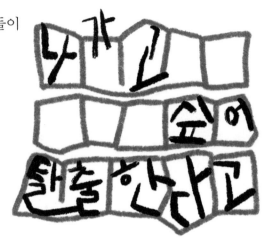

나가고 싶어
삐뚤 빼뚤

탈출한다고
삐딱 빼딱

빨간 방에 갇힌 글들이

답답하다고줄맞춰있기싫다고삐뚤어질거라고
똑같은건싫다고나가고싶다고우릴막지말라고

온몸으로 외치고 있다

상처

종이에
손을 베었다

세상에서
가장
얇은 너에게

가장
예리한 쓰라림을 배웠다

도깨비 언니

편의점에서 라면을 먹다 창가에 비친 우락부락
한 도깨비랑 눈이 마주쳤어
스치며 잠깐 본 거 같은데
잠시 꿈인가 생각해 봤는데
아무래도 진짜로 본 것 같단 말이야

그때부터야
고민이 흘러나오기 시작한 게

집에 가는 길에 내게 수수께끼를 내거나 씨름을
하자거나 누가 더 무거운 돌을 옮길 수 있는지
내기를 하자 그러면 어떡하지? 난 공부도 못하고
운동도 못하고 겁도 많은 걸

그래도 내가 아는 수수께끼가 나와 답을 맞춘다
면 씨름을 하다 도깨비가 내 연기에 속아 넘어지

거나 크고 가벼운 돌을 고른다면 좋겠어 도깨비
는 내기에 지면 이긴 사람 소원을 들어준다잖아

 내가 가진 소원 중 딱 한 가지만 말해야 된다면
무슨 소원을 빌어야 할까

 고민이 흐르다 넘치기 시작했어

 그래, 아무리 생각해도 그걸 말해야겠어

 ―딱 한 번이라도,
 나한테 장난만 치고 항상 놀리기만 하는 도깨비
같은 우리 언니를 이기게 해주세요

그림자 표정 2

같이 놀다 화가 나
삐진 세진이도

엄마가 보고 싶은
1학년 인아도

벌레보고 놀란
회장 언니도

모두 모인
운동장
점심 시간에

나뭇가지
마술 지팡이 하나 들고

몰래 몰래
그림자에 그려주는
그림자 표정

웃는 표정
그려주고

모든
걱정 잊으라
주문을 건다

~ing

내 작은 화초를 분갈이하고 집을 나섰어

나에겐 오늘이라는 새로운 시간이 시작되었고

 남은 화초들에게도 내 눈을 피할 자유 시간이
주어진 거지

 우리가 서로의 시간을 채우고

집에서 다시 만나면

서로 모를 우리 시간 들은

영원히 비밀이 되겠지

이렇게 우린 서로의

봄을 준비하고 있으니까

달빛 롤러코스터

달이 까만 밤을 부르면
토리는 산책을 하다가
회색 토끼는 뛰어 놀다가
도깨비는 내기를 하다가
달빛 롤러코스터 탑승 준비를 합니다

봄이 가을이가 학원에서 늦어도
나몽이가 거친 바람을 만들다 지각을 해도
달빛 롤러코스터는 기다립니다

토리랑 회색 토끼는 달에서 뛰어놀고
도깨비는 더 재밌는 장난치고
봄이 가을이는 여름이를 만나러

자, 어서 보지만 말고
지각한 나몽이 손을 잡고
그림자랑 같이 올라타세요

달빛으로 물든 우리들의 롤러코스터가
곧 출발합니다

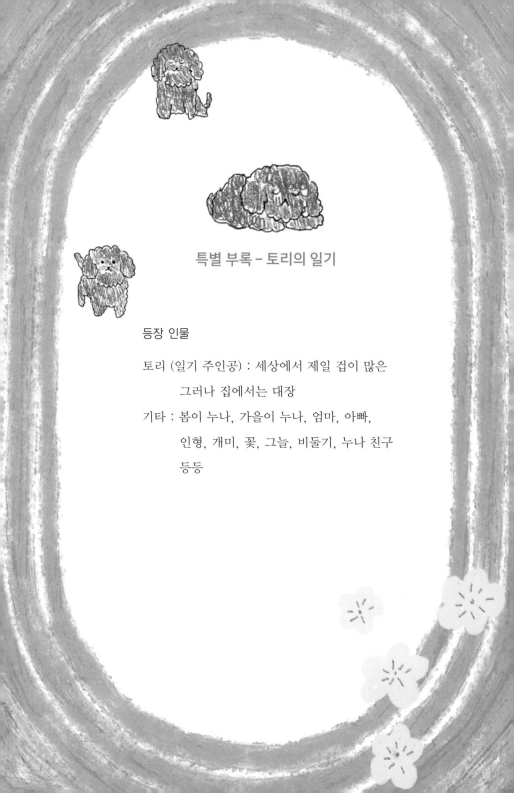

특별 부록 – 토리의 일기

등장 인물

토리 (일기 주인공) : 세상에서 제일 겁이 많은
　　　　　　그러나 집에서는 대장
기타 : 봄이 누나, 가을이 누나, 엄마, 아빠,
　　　인형, 개미, 꽃, 그늘, 비둘기, 누나 친구
　　　등등

개코

-가을이 누나가 점점 다가온다

```
            쿵
       쿵쿵쿵쿵
   쿵 쿵   쿵 쿵                        쿵
   쿵쿵쿵쿵쿵                   쿵
     쿵쿵쿵쿵                   쿵
      쿵쿵쿵쿵쿵쿵쿵쿵쿵쿵쿵
      쿵 쿵쿵쿵쿵쿵쿵쿵쿵쿵쿵쿵
      쿵쿵                 쿵쿵
      쿵쿵                 쿵쿵
```

엄마아~

토리 입에서 과자 냄새 나!!

-이런,

딱 걸렸다

봄이 누나와 여름 산책

봄이 누나는
길을 걷다가
자꾸
쪼그려 앉는다

뜨거운 열기 올라오는
까만
아스팔트 위에서

햇빛
깊은 시멘트 길 위에서

뜨끈 뜨끈
들들 끓는 돌 위에서

손바닥을
땅 위에다
댔다 떼었다
댔다 떼었다

벌떡 일어나

−괜찮아, 토리야 가자

점점

사라진다

포근한 가족 냄새
네 다리 푹
빠트리고

점점
돌아온다

엄마 냄새
누나 냄새
아빠 냄새
온 집안에

점점
채워진다

포근한 가족
냄새
네 다리
푹
빠트리고

점점
잠이 든다

안에서

꽃도 피고
땅도
말랑말랑

개미 떼는
몰려나와
더글더글

그늘은
시원할거고

비둘기
잡아야 되는데

나만 나가지도 못하고
베란다 문틈으로

쿵쿵쿵쿵쿵쿵쿵쿵쿵

봄이 누나는
하빈이랑 논다고
집에 오지도 않고

산책 당번
가을이 누나는
학원에 가고

자기들만
밖에 나가고

나 혼자
집에서
인형만 물고 있으란다

가을이 누나와 겨울 산책

가을이 누나가
길을 걷다가
자꾸 발을
앞으로 뒤로
앞으로 뒤로

하얗게 눈 덮힌
까만
아스팔트 위에서

퍼렇게
시린
시멘트 길 위에서

반짝
투명한 돌 위에서

발로

요리 조리

쓱싹 쓱싹

밀다가

−가자 토리야, 괜찮아

공유와 연대의 목록들

김재복 어린이문학평론가

신서유의 첫 동시집이 시인을 닮아 당차다. 일 앞에서 부정의 반응이 없고 실수를 책임지되 실패 따위에 주눅 들지 않는 사람답다. 크게 자주 잘 웃는 활달한 마음이 아프고 외롭고 슬픈 일을 어루만진다. 보이는 것과 다르게 자기도 외로워 본 적 있는 사람이라는 듯, 외로움이 외로움을 껴안아 주겠다는 듯 씩씩하면서 따뜻한 이야기들이다.

그는 자신이 쓴 동시가 상처 위에 돋는 새살처럼 위로하고, 웃고, 그래서 치유하기를 바란다. 어린이의 세상이 조금 더 따뜻해지기를 바라는 동시는 동시를 쓰는 시인이라면 으레 갖게 될 마음이지만 첫발을 뗀 시인의 출사표라 남다르다.

신서유의 동시는 참신한 시적 비유 대신 물리적인 사실을 잘 살펴 시적 대상으로 삼는다. 현실과 상상의 낙차가 없기에 단정하고 시적 상상 혹은 추상이 없어 분열적이지 않다.

그렇기에 그의 동시는 표현이 아니라 동시를 통해 전하려
는 마음을 읽어야 할 것이다.

　이번 동시집에서 그가 자주 쓰는 말이 '우리' 였는데 우리
라는 말은 나와 너를 가르고 외부를 만들지 않는다. 오히려
나와 너를 끌어안고 주변의 사람까지 끌어들여 덩어리를
만든다. 이 결속과 연대의 말은 작고 어린 존재들의 연합일
때 더 당당하다.

　　도장은 거꾸로 새겨야
　　바로 찍힌대

　　우린 아직
　　다 안 새겨졌다고

　　한시도
　　가만 안 있는
　　우리를

　　거꾸로 새기려면

얼마나 어렵겠니

바로
찍힐
그때까지

우릴

조금
더
기다려 줄 수 있지?

- 「꽝!」 전문

용도가 줄고 유물이 되어가는 도중이지만, 도장은 존재를
증명하는 상징적 사물로 여전히 유효하다. 일상의 사물을
통해 존재 증명의 과정을 다루고 있는 이 동시의 매력은
'우리'의 반말과 요청으로 위장한 협박이다.
이 동시의 '우리'에서는 연대의 물리적 힘이 느껴진다. 이
러저러하니 때가 될 때까지 기다리라는 우리의 입장 표명

은 위장한 협박일 텐데 하도 당당해서 거절할 수 없다. 거기에 도장 찍듯, 확정하듯 "쾅!"이라는 문패를 달고 나니 답은 이미 정해져 있다.

「쾅!」을 비롯해 「2+1 총사」 「비밀」 「~ing」 등의 동시에서의 '우리'가 외부를 끌어들이는 연대의 감각으로 느껴진다면 「무엇이든 열리는 나무」나 「필통」 「한 상 세계 여행」 「쌍둥이」 「편의점」 「따스한 그늘」 「한장 두장 새장」 「달빛 롤러코스터」 등에 등장하는 '우리'는 가족(「쌍둥이」 「한장 두장 새장」 「비밀」)을 포함한 공유 공동체로서의 우리에 가깝다.

소유가 아니라 공유이며 나눔의 과정에서 만나는 개인들이다. 이때의 우리는 무언가를 얻기 위해서라거나 증명을 위해 필요에 따라 구성되지 않았다. 그냥 있는 것을 나누고 공유하는 우리가 있다는 데서 소박하지만 공동체의 감각을 느낀다.

무엇보다 우리라는 말에는 혼자가 아니라는 데서 오는 안도가 있고 그것이 위로를 준다. 2분 놀고 3분 싸우는 제일가는 원수(「쌍둥이」)지만 언제든 가족이며 자매고 친구라는 사실은 변함이 없다. 이름이 봄인 나와 가을인 동생 사이에 누군가 여름의 행방을 물을 땐 둘이 함께 없는 여름의 존재를 지키기 위해 비밀(「비밀」)을 공유한다.

무엇이든 열리는 우리 학교 나무(「무엇이든 열리는 나무」)를 공유하고, 새 학기 용돈으로 낡은 필통을 새 필통으로 바꿔주기 위해 "우릴 다 꺼내 놓고 문방구로 뛰어가는 집주인"(「필통」)을 공유한다. 또 혼자 떠 마시고 따 마시는 편의점(「편의점」)을 공유하는 동료이고, 세계적인 밥상(「한상 세계 여행」)을 만드는 데 참여하고, 이웃이 모여 따스하게 쉬는 그늘을 주는 나무(「따스한 그늘」)를 공유한다.

이렇듯 신서유 동시에서 우리라는 시어는 외부를 끌어안고 무언가를 공유하고 나누는 의미가 된다. 극단적으로 개인화되어가는 시대가 잃어버린 것 중 하나가 우리가 아닐까. 이 소박한 말은 심리적 물리적 거리를 잇고자 하는 시인의 무의식을 담은 말로도 들린다.

'우리'라는 시어가 일상의 언어였듯 신서유 동시의 공간역시 일상의 영역이다. 집을 중심으로 학교와 놀이터가 있는 운동장, 편의점, 문방구, 할아버지 집, 마트, 학원 등이 시의 공간적 대상이다. 어디 멀리 가지 않고 현실에 딱 붙어 있다.

신서유 동시가 현실감을 강화하는 방식 중 하나가 실명을
직접 쓰는 것이다.

「탐정 회의」는 소음에 가까운 노래로 한밤의 이웃을 괴롭
히는 아저씨를 잡으려다 엄마가 그 노래들을 따라 부른다
는 걸 알아채곤 범인 검거를 다음 날로 유예하는 일상을 다
룬 이야기다. 시간과 사건의 진행, 추론을 촘촘하게 기입한
것이 실감을 더한다. 여기에 성시경, 이지, 바이브, 박효신,
모세, VOS, 브라운아이즈 같은 가수 실명을 그대로 쓰고
있다. 은행잎을 꽂아둔 권정생의 강아지 똥 26쪽(「초대장」)
처럼 구체적 실명을 적고 잡초 뽑기를 영화 속 타노스(「잡
초」)에 비유하는 등 현실의 일이나 사람을 시적 장치로 활
용하고 있다.

그래서일까. 신서유 동시에는 기이한 것도, 놀라운 것도
어리둥절한 것도 없다. 대신 어떤 용감이, 직면이, 머뭇거
리지 않음이 있다. 하고자 하는 말이 분명하고 그걸 전달하
기 위해 수사적 표현 대신, 하고 싶은 말에 집중한다.

이리 오라고 하지 말고
저리 가라고도 하지 말고

복도도
도서관도
화장실로도 부르지마

같이 노는 척도 하지 말고
놀아주는 척도 하지 말고
차라리 나 혼자 놀 테니

제발
날 부르지마

　　　　　　　　　　　　　－「부르지마」전문

 드러난 사실보다 감춰진 진실이 더 무서울 때가 많으며 은
근한 따돌림처럼 위장한 괴롭힘은 당사자만 안다. 이 동시
에서 주목해야 할 지점은 시적 주체의 절규 같은 말, ~척
하지 말라는 부분일 것이다. 차라리 혼자 놀겠다는 말은 패
배의 인정이 아니라 혼자됨을 기꺼이 감당하겠다는 선언이
다.
 「부르지마」가 은근한 따돌림 혹은 은근한 괴롭힘을 거부

했다면 「2+1 총사」는 관계의 미묘함을 폭로했고, 「연휴」는 휴일의 역설을 재현했다. 누군가는 빨간 날이 즐겁지만, 급식을 먹을 수 없는 화자에겐 상처가 생기는 날일 뿐이다. "지워지기만 하고 남겨지지 않는 아이"(「ㅈㅇㄱ」)라는 말은 직접적이지만 자기가 처한 현실을 직면한다는 건 중요하다. 나아가 지우고 고칠 수 있는 건 자신임을 안다는 건 다행이다.

'우리'라는 말에 담은 연대나 공유, 나눔은 우선 내가 처한 현실의 문제를 해결하면서 가능해지는 일이다. 그게 잘 드러나는 시적 상황이 자기 그림자에 표정을 그려주는 대목이다.

"벽에 기댄 내 그림자에 웃는 표정 하나 그려주"(「그림자 표정 1」)는 행위는 신서유 시인이 세상을 향해 보여주는 태도의 표현일 것이다. 그림자에 표정을 그려주고 싶은 마음은 동심원을 그리며 퍼지며 여러 마음을 찾고 기록한다.

넓은 바다 헤엄치며 놀다 오라고 어린 물고기를 놓아주는 어부 아저씨의 마음(「?!,.」), 여름이를 기억하는 봄과 가을이의 마음(「비밀」), 굶는 아이를 걱정하는 마음(「연휴」), 오류를 꿈꾸는 버그의 꿈을 들여다보는 마음(「버그의 꿈」),

강아지 토리의 산책길 온도를 살피는 봄이 누나, 가을이 누나의 마음(「봄이 누나와 여름 산책」「가을이 누나와 겨울 산책」), 혼자 노는 나몽이를 관찰하는 마음(「먼지 파도」「바람을 만드는 아이」)은 신서유 동시들을 다정하고 따뜻하게 느끼게 만든다.

이 외에도 사이버 폭력(「목격자를 찾습니다」), 도마 위 생선을 둘러싼 싱싱함의 역설(「잘 봐」)을 포함한 여러 편의 시에서 보듯 그는 불편한 진실을 에두르거나 외면하지 않는다. 이런 단호함이 패기처럼 다가오고 그 기운이 좋은 것이다.

이렇게 말하는 그의 마음이 향하는 곳이 어떤 곳일지 짐작해본다. 어쩌면 그는 시를 쓰는 내내 "일주일 전 아가 물고기 얼마나 컸나 다시 보고 싶고 어제 지나간 가재네 돌집 다시 두드리고 싶은"(「졸졸졸」) 마음으로 어떤 고통을, 어떤 절규를, 어떤 외로움을 들여다보고 돌볼 것만 같다.

바람 하나 없는 뜨거운 오후
학교 끝난 아이들은 학원에 가고
어른들은 아직 집에 돌아오지 않은

주인 잃은 공원 나뭉이 혼자
바람개비를 들고 서있다

탁   탁   탁
탁   탁   탁
빙글 빙글 빙글

탁탁탁탁탁탁탁
빙그르르르르르르르르르

뛰는 걸음 쫓으며
숨어 있던 바람들이 살아나는 소리

빙글 빙글 빙글 빙글
탁   탁   탁

빙그르르르르르르르르르
탁탁탁탁탁탁탁

그렇게

멋지게

바람을 만드는 아이

– 「바람을 만드는 아이」 전문

이번 동시집에 꽤 여러 번 등장하는 나몽이는 외갓집이 베트남이다.(「한 상 세계 여행」) 3학년 2반이고 공차기를 좋아하고 그네로 바람을 만든다.(「먼지 파도」) 나몽이는 바람을 만들 줄 안다. 얼마나 멋진가. 뜨거운 오후를 바람 만드는 데 집중한 나몽이, 기어이 바람을 만들어낸 나몽이. 나는 바람을 만들 줄 아는 나몽이를 보자마자 사랑하게 되었다.

신서유 동시의 명랑하고 씩씩함, 유쾌함은 부당함이나 외로움에 지지 않는 인물의 건강함과 함께 성실하게 호명되는 목록의 나열에서 만들어진다. 신서유가 그의 주요 창작 방법으로 시도한 목록화 즉, 어떤 것의 열거는 우리의 개별 목록이기도 하다. 우리는 개별이 모여 만들어지는 것이다. 그렇게 하나하나 불러주는 마음이 전체를 위해 지워질 수 없는 개별을 잊지 않았다는 말 같아서 미덥다. 덕분에 작품이 풍성해지고 넉넉해지며 리듬이 생기고 즐겁다.

    호주산 소고기국
    미국산 땅콩 볶음
    노르웨이산 연어 구이
    대한민국 대표
    우리 왕 할아버지표 쌀

    후식은
    여름방학
    외갓집
    다녀온
    나몽이네
    베트남 커피

- 「한 상 세계 여행」 전문

  오늘날 우리의 밥상 현실을 잘 담은 이 작품은 밥상 위 식
재료 원산지를 따지는 순간 현실 비판으로 흐를 수도 있었
다. 하지만 나몽이가 우리의 이웃이기에 이 밥상에서 개별

식재료는 밥상을 구성하는 우리가 되었다. 이미 왕 할아버지 표 쌀로 지은 밥도 있으니 여기에 배제의 마음은 없다. 이국적 식재료의 열거는 세태의 반영이되 수용과 초대의 마음, 선물의 마음이 보태져 흥미로운 밥상의 리듬을 갖게 되었다. 「들락날락」은 목록의 나열이 주는 재미가 특별한 작품이다.

할아버지는 침대 위에 앉아 소리 크게 틀어놓은 TV 보
시고 아래쪽에서 봄이가 벽에 등을 기대고 핸드폰을 보
고 바로 옆에 붙어 있는 가을이는 게임을 하고 강아지
토리는 멀리 차 타고 와서 잠만 자더니

낯선 할아버지는 무섭고
할아버지 방 문턱만
들락날락 들락날락

문턱 냄새, 의자 냄새, 책상 냄새, 침대 냄새, 발 냄새,
토리에게 내민 할아버지 손 냄새
쿵쿵쿵쿵쿵쿵쿵쿵쿵쿵쿵쿵쿵쿵쿵쿵쿵쿵쿵쿵쿵쿵

쿵쿵쿵쿵쿵쿵쿵쿵쿵쿵쿵쿵쿵쿵쿵쿵쿵쿵쿵쿵쿵쿵

결국

할아버지 옆구리에 착!

−「들락날락」 전문

　일상의 풍경을 그냥 나열했을 뿐인데 그날의 풍경, 저 불안하고 부산한 토리의 움직임, 비로소 찾은 안전이 마냥 재미있다. 마흔두 번의 "쿵"은 형태는 같지만 거기 담긴 토리의 마음은 쿵의 개수만큼 여러 개일 것이다. 토리가 할아버지에게 마음의 문을 여는 과정이었을 쿵을 적당히 등등으로 쓰지 않아서 더욱 인상적이다.

　글자에 갇힌 마음을 지치지 않고 해독해 준 「글자의 맛」, 무엇이든 다 받아주는 나무를 그리면서 무엇의 목록으로 연, 줄넘기, 신발, 옷, 축구공, 그리고 나의 수학 학원 가방까지 달아놓은 「무엇이든 열리는 나무」, 엄마의 잔소리가 닿지 않기를 바라는 마음의 주문을 열거한 「또 폰이니?」, 네 목소리 한 번 더 듣고 싶어 끊임없이 퍼붓는 질문들을 나열한 「궁금해」, 발신자에 따라 다르게 들리는 벨소리의 목록을 작성한 「벨소리의 비밀」, 친구 모집 조건을 목록화해 게시한 「친구 모집」, 유통기한이 있는 말의 목록을 다룬 「유통기한」, 일상의 사물이나 사건에서 배운 배움의 목록을 정리한 「배웠어」, 그림자에 표정을 그려주고 싶은 사람들을 나열한 「그림자 표정 2」, 따로 두 편이지만 계절마다 강아지 토리의 발에 닿는 온도를 살피는 「봄이 누나와 여름 산책」, 「가을이 누나와 겨울 산책」 등은 목록의 시들이라 할만하다. 이 작품들에 호명된 언어와 사물, 소리의 목록엔 어느 것 하나 허투루 보지 않고 하나하나 봐주겠다는 마음이 들어있을 것 같다.

진은영은 목록 작성에 능통하기로 으뜸이라면서 백석을 꼽으며 백석의 「모닥불」이 사랑받는 이유가 "하나도 잊지 않고 모든 것을 호명하는 사랑의 단순함."(『나는 세계와 맞지 않지만』, 마음산책, 2024, 115쪽)이라고 했다. 단순한 사랑이 힘이 센 법이다. 신서유 동시에서 자주 많이 호명되는 목록들은 작품 안에서 서로를 잇고 있다. '나들'의 연결이 우리의 연합으로 커지는 것처럼 말이다.

신서유의 동시를 읽고 처음 든 생각은 정말 동시의 집이 있고 거기 사는 사람들을 만난 것 같다는 거였다. 그가 첫 동시집을 내려고 특별한 목적을 두고 이야기를 만든 것 같지 않다. 아마 개별 텍스트 속 인물이 다른 텍스트와 상관해서 그랬으리라 짐작한다. 그리고 이런 마음이 들어서 좋다. 특별하다고 느끼게 하기 때문이다.

달이 까만 밤을 부르면
토리는 산책을 하다가
회색 토끼는 뛰어 놀다가
도깨비는 내기를 하다가
달빛 롤러코스터 탑승 준비를 합니다

봄이 가을이가 학원에서 늦어도
나몽이가 거친 바람을 만들다 지각을 해도
달빛 롤러코스터는 기다립니다

토리랑 회색 토끼는 달에서 뛰어놀고
도깨비는 더 재밌는 장난치고
봄이 가을이는 여름이를 만나러

자, 어서 보지만 말고
지각한 나몽이 손을 잡고
그림자랑 같이 올라타세요

달빛으로 물든 우리들의 롤러코스터가
곧 출발합니다

　　　　　　　　　　　－「달빛 롤러코스터」 전문

신서유의 첫 동시집 『달빛 롤러코스터』는 개별 주체들이
만나 우리로 연대하고 나로 소유하는 대신 함께 공유하는
세계를 꿈꾸는 이야기였다. 그러기에 동시집 속 하나하나
따로였던 인물을 다 불러준 「달빛 롤러코스터」는 감동적인
마침표이자, 앞으로 써나갈 동시들의 발걸음으로 읽힌다.
아기의 걸음마가 봄 속으로 이어지듯(「이어달리기」) 그의
이야기가 한 발짝 두 발짝 오래 잘 이어지길 바란다.

달빛 롤러코스터

———

2024년 11월 11일 초판1쇄 발행

지은이 신서유 **그린이** 구해인 **펴낸이** 김성민 **편집디자인** 김경자

펴낸곳 도서출판 브로콜리숲 **출판등록** 제2020-000004호
주소 41743 대구광역시 서구 북비산로 65길 36, 2층 **전화** 010-2505-6996 **팩스** 053-581-6997
홈페이지 www.broccoliwood.com **인스타그램** broccoliwood_ **전자우편** gwangin@hanmail.net

ⓒ신서유 구해인 2024   ISBN 979-11-89847-91-3 73810

*이 사업은 대전광역시, (재)대전문화재단에서 사업비 일부를 지원 받았습니다.

후원: 대전문화재단